J.-B. LAN & CH. LEFÈVRE

LE DIABLE A VICHY

PRINCIPAUX AIRS

DE LA

REVUE

PIÈCE-REVUE

LOCALE

en 3 actes et 6 tableaux

Représentée pour
la première fois, à Vichy, au
Théâtre des Variétés
Le 16 Août 1878

PRIX : 30 CENTIMES

VICHY

C. BOUGAREL, IMPRIMEUR-ÉDITEUR

1878

+Y+ 12725

INTRODUCTION

VICHY

Monologue en vers dit par Mme CLÉMENCE

Vichy, l'artiste ou le poëte,
Comme l'oiseau né pour chanter,
Admire ta campagne en fête,
Tes vallons faits pour l'enchanter.
Il aime tes collines vertes
Qui se dressent à l'horizon ;
Tes pelouses, de fleurs couvertes
En la printanière saison.
Oh ! que tu lui parais encore
Belle, en ton repos familier,
Quand le regard bleu de l'aurore
Irise les flots de l'Allier !
Ton ciel où le soleil se lève,
S'éclaire des tons les plus doux ;
Car il est beau, beau comme un rêve
Dont les Édens seraient jaloux.
La paix, le bonheur, la richesse
Habitent ce riant séjour ;
Le Dieu devant qui tout s'abaisse
Le créa d'un rayon d'amour.
Quand tes naïades fugitives,
Glissant à travers les roseaux,
Viennent s'ébattre sur les rives

Que l'Allier baigne de ses eaux,
L'esprit du penseur solitaire
Les voit dans un brouillard charmant,
D'un pas léger quitter la terre,
Sillonner le flot écumant.
Les plis flottants de leurs tuniques,
Dans leurs diaphanéités,
Tracent des cercles fantastiques,
Révèlent d'exquises beautés.
Leur sourire est plein de promesses ;
Elles viennent auprès de nous
Avec les plus molles caresses,
Avec les regards les plus doux.

L'une dit : Je suis l'espérance
Propice à tous les malheureux ;
Une autre : pour toute souffrance,
Amis, j'ai des sels généreux.
Une autre : je suis la jeunesse ;
J'ai la grâce, j'ai la gaîté ;
Il faut que par moi tout renaisse,
Car je verse à flots la santé.

Ainsi des sources salutaires
L'humble voix se mêle souvent,
Dans la fraîcheur de tes parterres,
Au léger murmure du vent.
Et chaque étranger qui l'écoute
Bénit ton sol hospitalier.
En lui, c'est en vain que le doute
A la crainte veut s'allier :
Il sait que tu n'es point avare
De tes trésors bénis du ciel,
Et que pour lui ton front se pare
Des fleurs qui distillent le miel.

Et c'est pourquoi, ville joyeuse,
La muse aime ton grand renom
Et jette à la brise amoureuse
Les deux syllabes de ton nom.

PREMIER ACTE

RONDE DES REPORTERS

Chantée par MM. Ozanne, Simon etc.

Air : *Gai, Gai, Mariez-vous !*

Bon, bon, les reporters
Feront la chronique, nique,
Bon, bon, les reporters
Feront la nique aux enfers.

Qui l'eut dit, chers templiers,
Nous qui ne songions qu'à boire,
Que maintenant notre gloire
Serait d'être paroliers.

Reprise en chœur

Bon, bon, les reporters
Etc., etc...

Mais cette fois, pour toujours,
C'est Pluton qui nous enchaîne
Et l'abîme nous entraîne
Loin de toutes nos amours.

Reprise en chœur

Bon, bon, les reporters
Etc., etc...

Adieu Vichy, Malavaux,
Cusset, Randan, Lapalisse ;
Adieu rats de la coulisse,
Adieu vins vieux et nouveaux !

Bon, bon, les reporters
Ferons la chronique, nique,
Bon, bon, les reporters
Feront la nique aux enfers.

CHANSON

A VICHY-LES-BAINS

Air chanté par M. Ch. Lefèvre

AIR : *à la Monaco*

A Vichy-les-Bains
Les filles
Sont gentilles,
A Vichy-les-Bains
Beaux yeux sont suzerains.

Mon cœur est libre
Libre d'aimer ;
Pour me charmer
Je le sens là, qui vibre !

Ici j'aspire
Après un cœur
Et mon empire
Ne fait plus mon bonheur !

A Vichy-les-Bains
Les filles
Sont gentilles,
A Vichy-les-Bains
Beaux yeux sont suzerains.

D'une adorée
Charmons les jours ;
Que les amours
Soient de toute durée.

Et que l'ivresse
Chez les humains
Charme, caresse
Le roi des diablotins.

A Vichy-les-Bains
Les filles
Sont gentilles,
A Vichy-les-Bains
Beaux yeux sont suzerains.

RONDEAU DES PISTEURS

Chanté par MM. Bazin, Ozanne, etc.

AIR : *de l'épée, dans la Petite Mariée*

Tout pisteurs que nous sommes
On n'en est pas moins hommes,
Le pisteur n'est, morbleu !
Jamais sans feu ni lieu.
Parfois son industrie
N'est qu'une duperie,
Il la suit cependant   } *(bis)*.
A son corps défendant.

   A la piste, à la piste
   Elle est notre élément,
   En ce métier charmant
   Bien fou qui ne persiste.

Allons par monts et plaines,
Soldats ni capitaines
Ne se voient parmi nous :
Nous sommes égaux tous.
Et pour que le pistage
Honoré d'âge en âge,
De la postérité   } *(bis)*.
Soit encor respecté.

   A la piste, à la piste !
   Etc., etc...

Que le tonnerre gronde,
Ou que l'eau nous inonde,
Au débarquer du train,
Pratiquons mon refrain.
Voyageurs, voyageuses,
De nos offres mielleuses
Saisissez le grapin !...
C'est notre gagne pain.

    A la piste, à la piste,
    Elle est notre élément
    En ce métier charmant
    Bien fou qui ne persiste.

DEUXIÈME ACTE

VICHY-LA-VILLE

AIR : *Avez-vous vu dans Barcelone*

Je suis Vichy, ville coquette,
Sans fiers remparts, ni vieux fossé.
Dans l'Allier mon ciel se reflète ;
Au soleil de mes jours de fête,
Bien des souverains ont passé.

Autrefois, aux jours de bataille,
Ceinte de créneaux et de tours,
J'ai frappé d'estoc et de taille :
Aujourd'hui, de fleurs je m'émaille,
Je me pare de frais atours.

Adieu les luttes héroïques
Et la rumeur des arsenaux !
Les jours sereins aux jours épiques
Succèdent sous les républiques,
Et ces jours sont encor plus beaux.

Mes eaux en miracles fécondes,
Trésor aux humains précieux,
S'épanchent des sources profondes,
Et répandent sur les deux mondes
Les dons les plus chéris des cieux.

Je suis Vichy, ville coquette,
Etc., etc...

~~~~~~~~~~~~~~~

RONDEAU DES SOURCES

Chanté par M. Ch. Lefèvre

Air : *Je regardais en l'air* (Cloches de Corneville)

Je lis dans mon journal,
La *Saison Elégante*,
Au tableau médical
Des sources qu'on me vante :
Pour les maux d'estomac
Et l'abus du tabac
L'eau de la *Grande-Grille*
Vaut bien, trésor sacré,
Celle du *Puits Carré*.
De la même famille.
Plus loin, le puits *Chomel*
Aux ondes généreuses
Autant que l'hydromel,
    Que l'hydromel,
Calmera les nerveuses,
Source de l'*Hôpital*
Tu sais guérir le mal,
Cruel effet des gastralgies ;
Et la source *Lucas*
Triomphe en bien des cas
De laides maladies.
Enfin des *Célestins*

L'eau de source est si belle,
Si riche en alcalins,
Qu'on y perd la gravelle.
Puis les sources *Lardy*,
Mesdames, d'*Hauterive*
L'*Intermittente*, et puis
Celle du *Parc* arrive ;
Très-bien renseigné, je suis
De Vichy le convive

~~~~~~~~~~

PLAINTES DE LA SOURCE LARBAUD

Chantées par Mlle GÉNIN

AIR : *la chanson de Fortunio*

Je ne pourrais jamais vous dire
    Tous mes ennuis,
Je passerais à les décrire
    Et jours et nuits.

Mais puisque un destin plus propice
    S'offre pour moi ;
Mon cœur, où le bonheur se glisse,
    N'a plus d'émoi.

Afin que tout buveur renaisse
    A la santé,
A tous je verse la jeunesse
    Et la gaîté.

Sur mon humeur hospitalière
    Rien ne prévaut,
L'artiste à ma vasque de pierre,
    Trouve Larbaud.

Mais jamais je ne pourrai dire
Tous mes ennuis :
Je passerais à les décrire
Et jours et nuits.

RONDEAU DES JOURNAUX

Chanté par Mme Lefèvre

AIR : *Rondeau de la Femme aux yeux d'or*

En ses atours toujours coquets,
Je veux chanter, leste et fringante,
La jeune *Saison Elégante*
Dont on aime ici les caquets.

Elle est toujours prête à défendre
Les intérêts de la cité,
Partout sa voix se fait entendre
Et son nom est souvent cité.

Elle se fait le sûr appui
De l'industrie et du commerce,
Et l'influence qu'elle exerce
N'est plus mise en doute aujourd'hui.

Ce ne serait lui faire injure
De dire d'un ton nonchalant,
Qu'elle aime la littérature
Et qu'elle marche d'un pas *lent*.

Le front de myrte couronné,
L'*Avenir de Vichy* s'avance :
Il est *chéri* pour l'éloquence
Qu'il prodigue à tout abonné.

Puis voici venir le programme
Qu'on nomme *Journal de Vichy*;
Son rédacteur rempli de flamme,
S'est depuis longtemps dégrossi :

Jamais il ne prend de repos
Et l'on dit, la chose est certaine,
Que lorsque sa verve l'entraîne,
Il a plus d'esprit qu'il n'est *gros.*

Voulez-vous d'un fait politique
Connaître la cause et l'effet,
Le sage *Solon* vous l'explique
Dans la *Semaine de Cusset.*

Place à la *Saison de Vichy,*
C'est une feuille de ressource,
Et son style coulant de source,
Dit que Larbaud n'a point fléchi.

Vichy-médical apparaît,
Un chœur de Purgons l'accompagne ;
Car on sait que qui l'a *lu gagne*
Sans prêter à gros intérêt.

De chaque journal familier,
Dans notre ville l'on répète,
Qu'il naquit par un jour de fête,
Sur les bords riants de l'Allier.

TRIBULATIONS

DE LA SOURCE PRUNELLE

Chantées par Mme TAVERNIER

AIR : *Brigadier : vous avez raison*

Ah, c'est une rude besogne
Que de solliciter toujours ;
Aussi, bien souvent, moi j'empoigne
Ceux qui viennent troubler mes jours
Journal, livre ou simple brochure
Pour lutter contre eux, tout m'est bon.
Je veux démasquer l'imposture   } *bis.*
Et me faire donner raison

Je tiens à la source Prunelle,
C'est la prunelle de mes yeux,
L'inévitable ritournelle
De mes chants tristes ou joyeux ;
Car son onde est limpide et pure,
Elle réjouit ma maison :
Je veux démasquer l'imposture   } bis.
Et me faire donner raison.

TROISIÈME ACTE

HISTOIRE DES MALAVAUX

Racontée par Mme Lefèvre, MM. Bazin, etc.

AIR : *Elle aime à rire, elle aime à boire.*

I

Dans ces manoirs, ces citadelles,
Etaient de beaux, vaillants soldats,
Moines joyeux, moines béats,
Armés contre les Infidèles.
Je les ai vus hospitaliers
Au dieu d'amour, de la victoire ;
J'aimais à rire, aimant à boire
J'étais le fou des templiers.

Refr.   Aimer à rire, aimer à boire
Fut le refrain des Templiers.

II

Le bras puissant de leur grand maître,
Dans maint combat tint plusieurs fois
Courbés sous lui guerriers et rois
Unis entre eux pour les soumettre.
C'étaient loyaux, bons chevaliers,
Fêtant le jeu, le vin, la gloire !..
Aimer à rire, aimer à boire
Fut le refrain des Templiers.

Refr.   Aimer, etc. etc.

III

Et quand cessait une bataille,
Que de beaux jours luisaient pour tous,
Le cloître entier, de baisers doux
Et de glouglous faisait ripaille.
Mais un beau jour, faits prisonniers,
Le roi Philippe, écrit l'histoire,
Les fit rôtir, privant de boire
Ces chevaliers, ces templiers.
Refr Aimer, etc. etc.

LA LÉGENDE DES TEMPLIERS

Chantée par M. OZANNE

AIR : *des Fraises, Ciel ils échappent d'ici*

Ce trou-là qu'est près de nous
C'est l'couvent qui l'fit faire
Pour enfouir l'argent, les sous,
L'or et tous les bijoux,
En terre, en terre, en terre !

Mais v'là que l'diable jaloux
De ce qu'il voyait faire ;
Les moines descendus tous,
Dit : voilà de grands fous,
En terre, en terre, en terre.

Puis leur faisant les yeux doux
Le satané compère
Creusa d'son côté deux trous
Et les entraîna tous
Sous terre, sous terre, sous terre !

VAUDEVILLE FINAL

Chanté par Mmes Lefèvre, Génin et MM. Lefèvre,
Bazin et Simon,

AIR : *par quelques Couplets satiriques*

HIPPOCRATÈS

Hélas ! de mon cœur qui soupire,
Le doux bonheur s'est envolé.
Nous retournons au sombre empire,
Et j'ai grand peur d'être empalé.
   Mon amour devient funeste,
   Nul espoir ne me reste.
   Pour me tirer de souci,
      Ma foi, rions aussi ;
         Dzing !
      Viens à mon aide, franc rire,
      Ta gaîté nous inspire ;
      Pour mieux égarer Pluton,
      Vite changeons de ton
         Mironton !

ASMODÉE

Pluton se tait, mais il enrage :
C'est le cas de bien des maris.
On en voit qui dans leur ménage,
Souvent se sont trouvés marris.
   Il ne faut pas qu'on le dise,
   Mais la chose est admise :
   La sagesse en pareil cas
   Evite tout fracas.
      Dzing !
   Le sot en martyr se pose ;
   Et tout le monde en glose ;
   Pour bien s'en tirer aussi.
   Il devrait rire ici,
      Sans souci.

PROSERPINE

Le rire est une arme française,
Qui même aux enfers fait florès.
Un franc couplet nous met à l'aise ;
Castigat, ridendo, mores.
  D'une langue vive et preste,
  Le malin brocard reste,
  Et si le trait porte bien,
  Le diable n'y perd rien,
      Dzing !
    Je veux encore le redire !
    Rien ne vaut le rire ;
    Chantons *Coram populo,*
    Un couplet rigolo,
        C'est c'qu'il faut !

PLUTON

D'un trait quelque peu satirique,
Le sourire aux lèvres jeté,
Il ne faut pas que l'on se pique,
Le vent l'aura vite emporté.
  Messieurs, point de pruderie,
  Il vaut mieux que l'on rie.
  Pour vous mettre à l'unisson,
  Répétez ma chanson.
      Dzing !
    Ce qui vibre sur ma lyre
    N'est qu'un éclat de rire ;
    Mais le rire a bien son prix,
    Plus d'un s'y trouve pris.
        Allons-y !

1er LUTIN

Avec le prince des Ténèbres
Nous sommes ensemble accourus.
Ses chansons ne sont point funèbres,
Et l'on fait volontiers chorus.
  Vite chantons à la ronde,
  Plaire à tout le monde,

C'est là le vœu le plus cher
D'un vrai fils de l'enfer.
    Dzing !
Le bien auquel il aspire,
C'est d'éveiller le rire,
Car ils sont joyeux aussi
Les lutins d'par ici.
    Que voici.

SIR WILLIAM

Aoh ! c'était chose merveilleuse,
Voir le diable en cette pays.
Il paraissé d'humeur joyeuse,
Et j'en souis encor tout surpris.
    Il ne sentait point le soufre,
    Le morale en souffre :
On disait aux gens de bien
Qu'il n'était qu'un vaurien.
    Dzing !
    Je volé pas le redire
    C'était mieux de rire :
Le diable n'est pas si noir
Qu'on volé bien le voir !
    Et Bonsoir

Vichy. — Imprimerie Bougarel.

VICHY — IMPRIMERIE C. BOUGAREL, RUE LUCAS